Pouf

Youpi

© 1989, Hachette pour le texte et les illustrations.
© 2014, Hachette Livre pour la présente édition.

Édité par Hachette Livre
43, quai de Grenelle – 75905 Paris cedex 15

Pierre Probst

Caroline
et ses amis
à la mer

hachette
JEUNESSE

« Réjouissez-vous, mes petits amis,
dit Caroline, demain nous allons à la mer !
J'ai trouvé une jolie villa à louer
tout au bord de la plage.
Elle s'appelle *Les Quatre Vents*.
Nous respirerons l'air du grand large.
Ce seront de merveilleuses vacances ! »

Caroline
et ses amis
à la mer

hachette
JEUNESSE

6

Voilà la maison idéale pour les vacances ! Elle est à louer : tant mieux ! Caroline et sa bande de petits amis décident de s'y installer pour l'été.

Hélas ! pour leur premier jour de vacances au bord de la mer, ils n'ont pas beaucoup de chance. Le ciel est gris, il fait froid et le vent souffle en tempête. Volent les oiseaux, volent les cheveux, et volent les chapeaux !

Heureusement, le lendemain, le soleil est de retour. Vite, on va en ville faire des emplettes. Qui veut un matelas pneumatique, un parasol ou une épuisette ? Qui désire aussi un gros ballon, une belle bouée, des palmes bleues ou un superbe chapeau de paille ? Les neuf petits vacanciers, bien entendu !

JOUETS ARTICLES DE BAIN

Quelle belle plage ! Tout le monde devrait y être heureux. Boum l'est en effet : il dort comme un loir, ou plutôt comme un ours. Et ses amis ? Ils sont nettement moins contents. Youpi a pris un maillot de bain bien trop grand pour lui, Bobi a déjà attrapé un coup de soleil et Noiraud a la patte coincée dans la chaise !

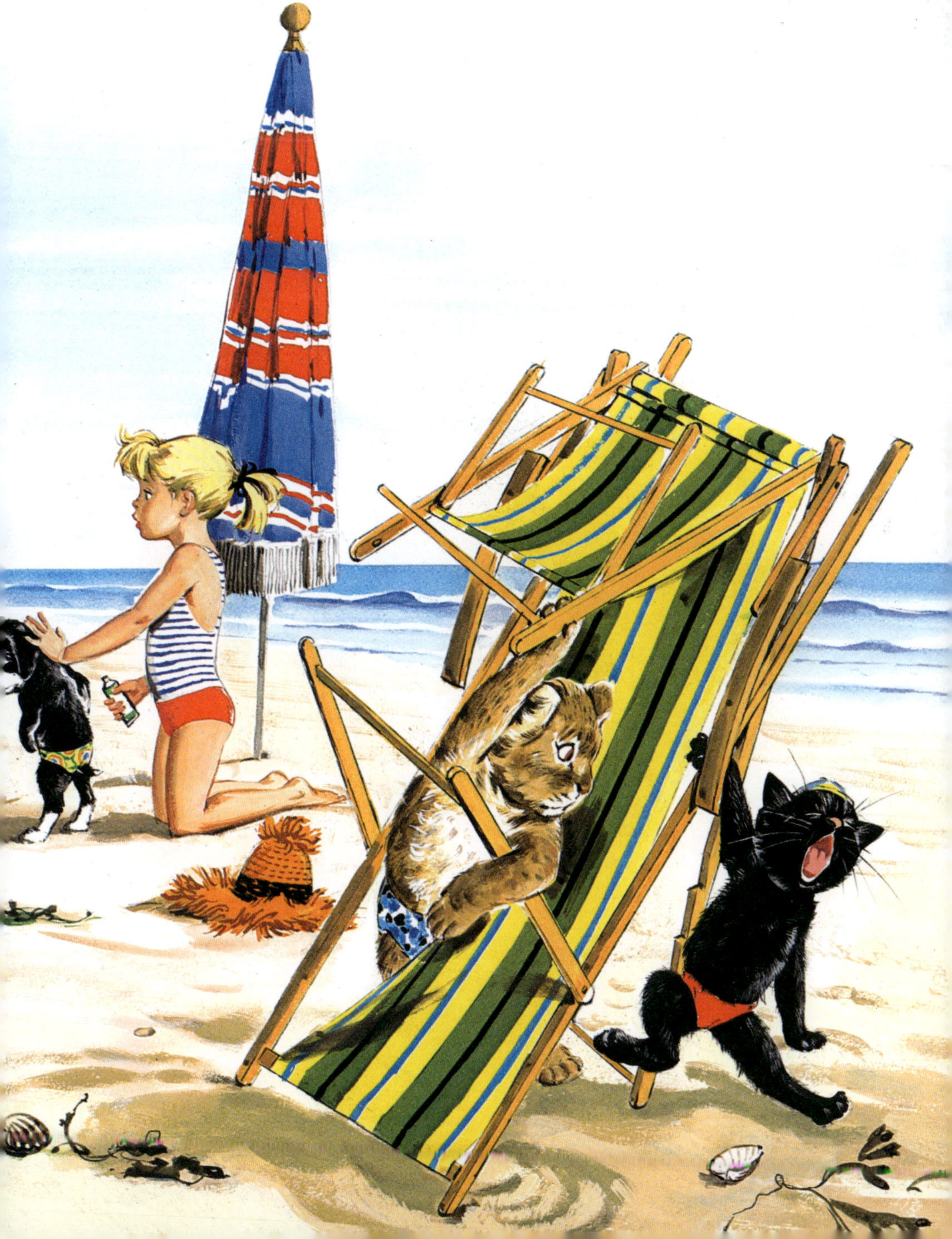

Pour oublier ces petits malheurs, rien ne vaut un bon bain. On saute dans sa bouée, on fait trempette dans la mer, ou bien encore on apprend à nager la brasse, sans se mouiller.

Mais soudain, une grosse vague s'élève, roule, roule, et… retombe avec fracas sur la plage. Tout le monde est trempé de la tête aux pieds. Sauf Kid qui ouvre en grand le parasol, juste à temps.

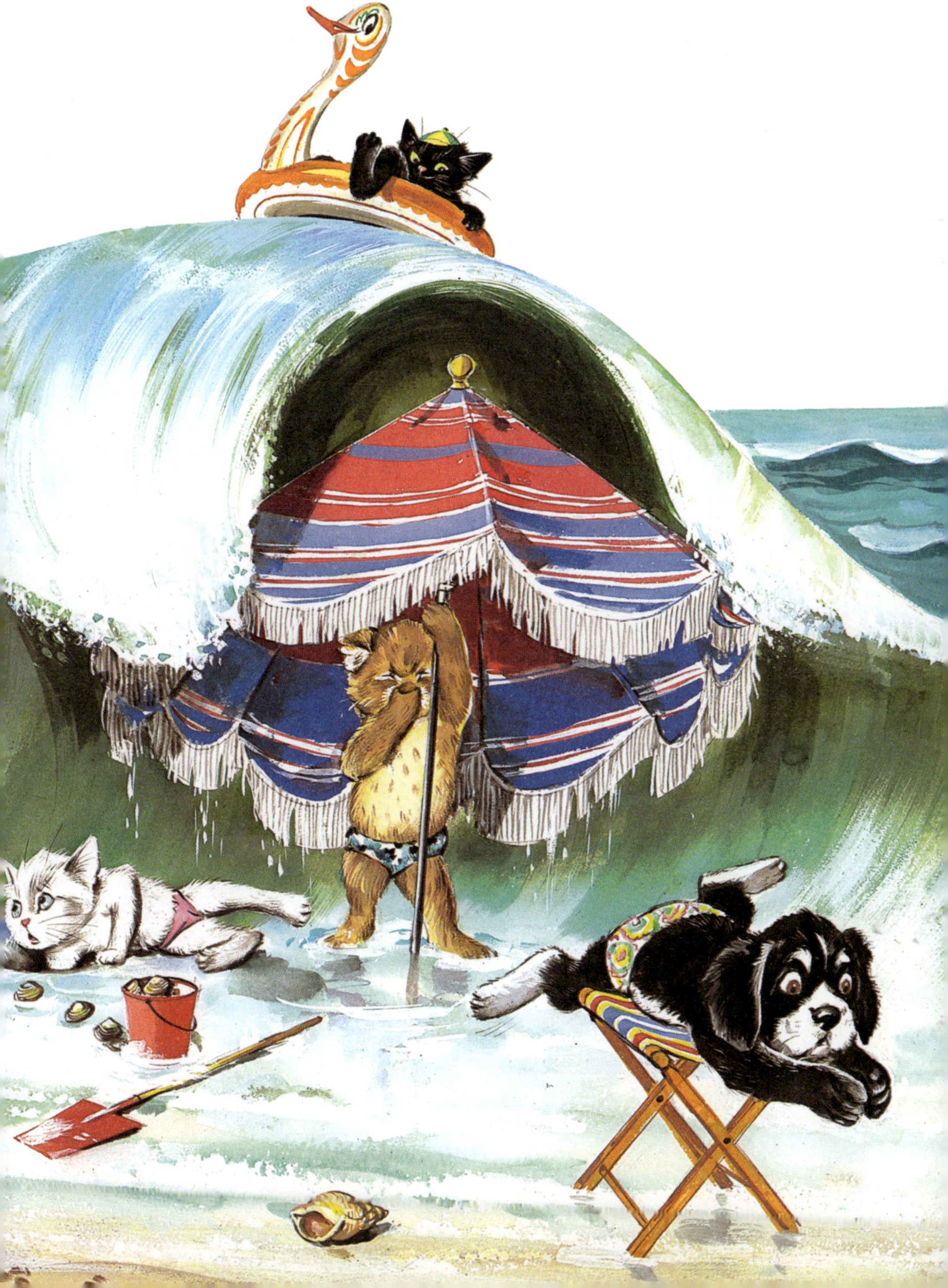

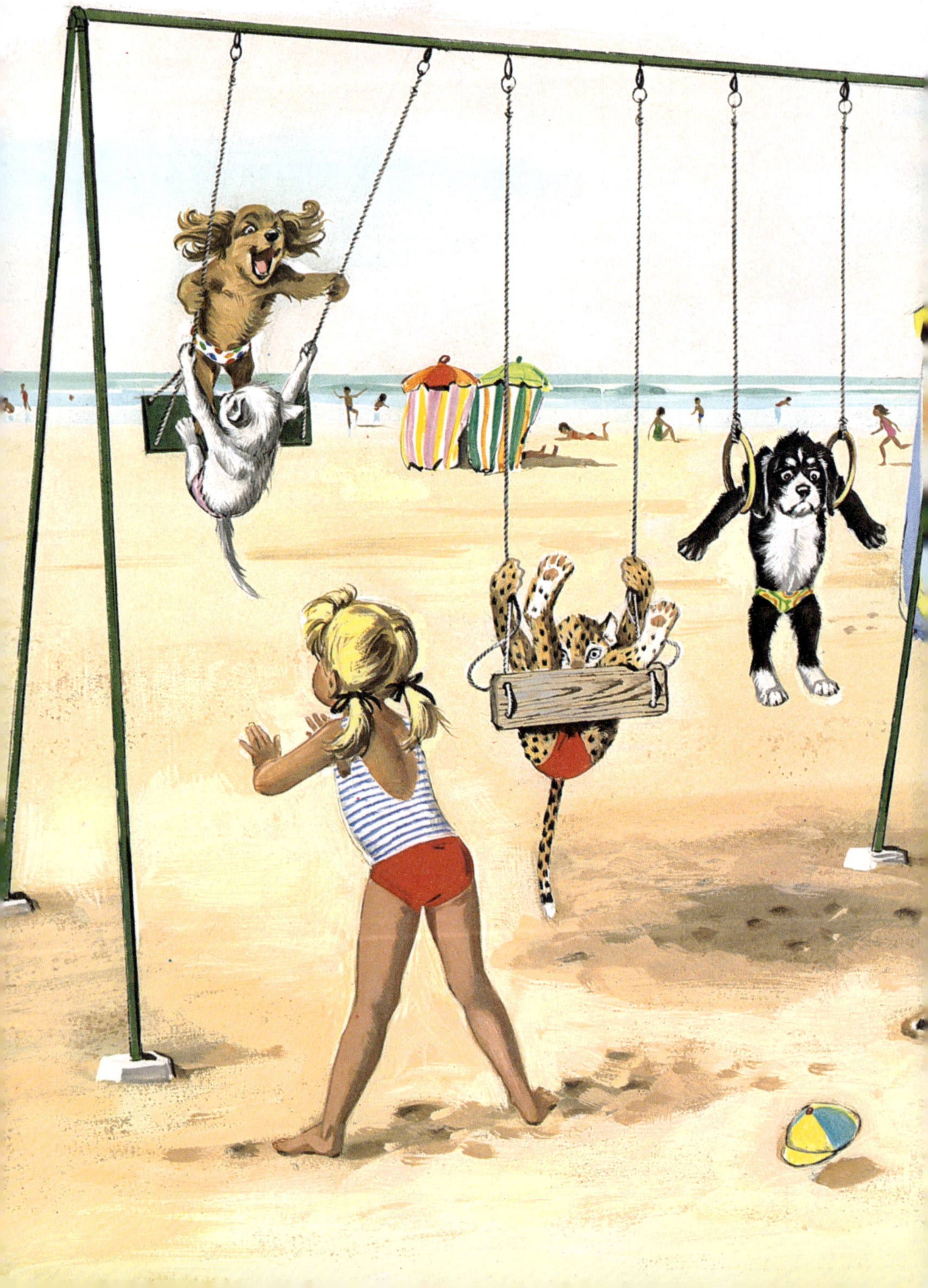

La baignade, c'est finalement très amusant. Mais les jeux sur la plage le sont tout autant.

Vive la balançoire et les glissades sur le toboggan ! Et tant pis si l'on manque de tomber ou si l'on a du sable plein le nez !

Une semaine plus tard, Caroline et ses amis nagent à la perfection. Alors, en avant pour une partie de pêche sous-marine.

Les poissons sont très beaux, mais aussi très polissons. Les pieuvres sont des coquines et les méduses se prennent pour des chapeaux. Ah, que c'est rigolo !

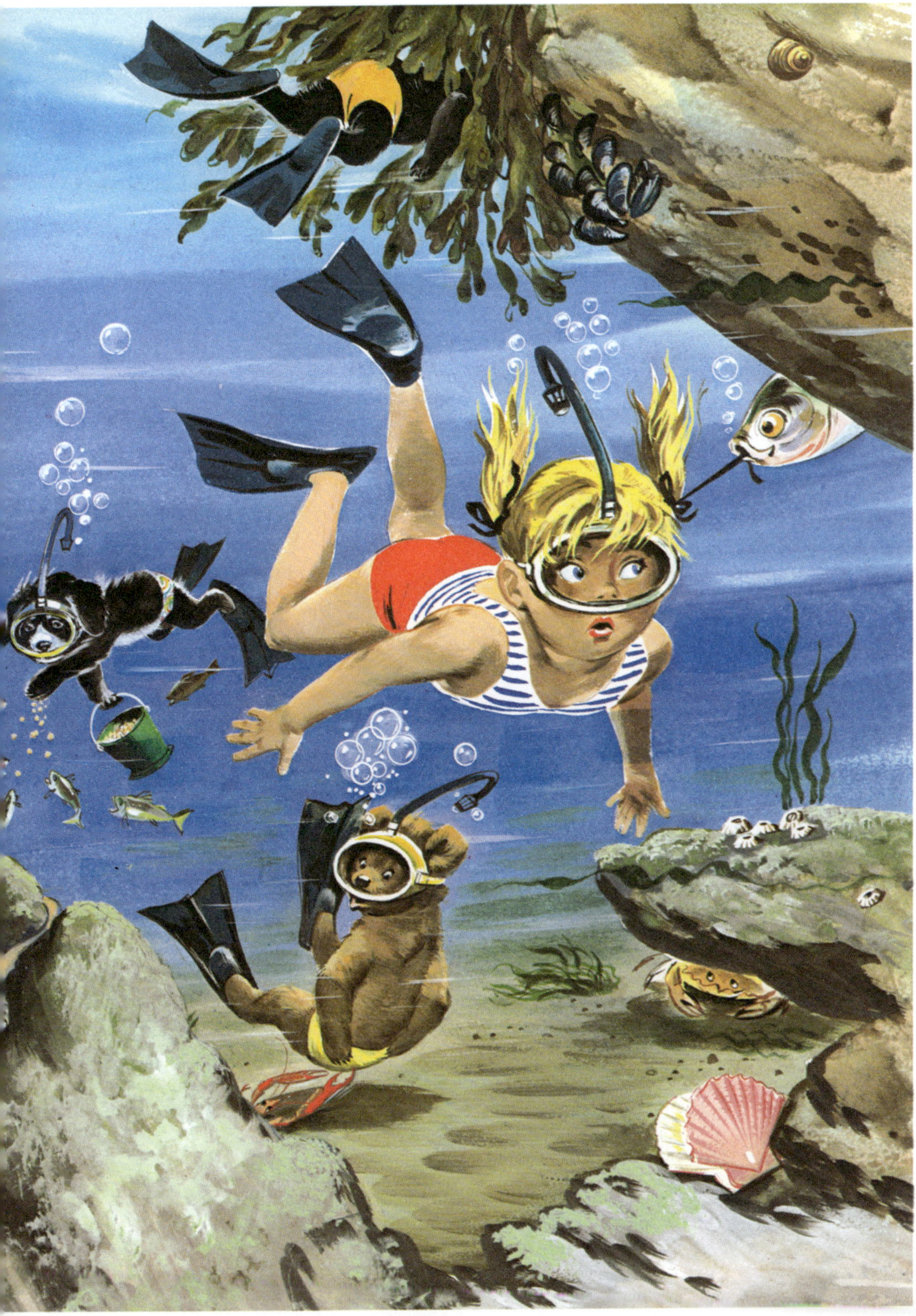

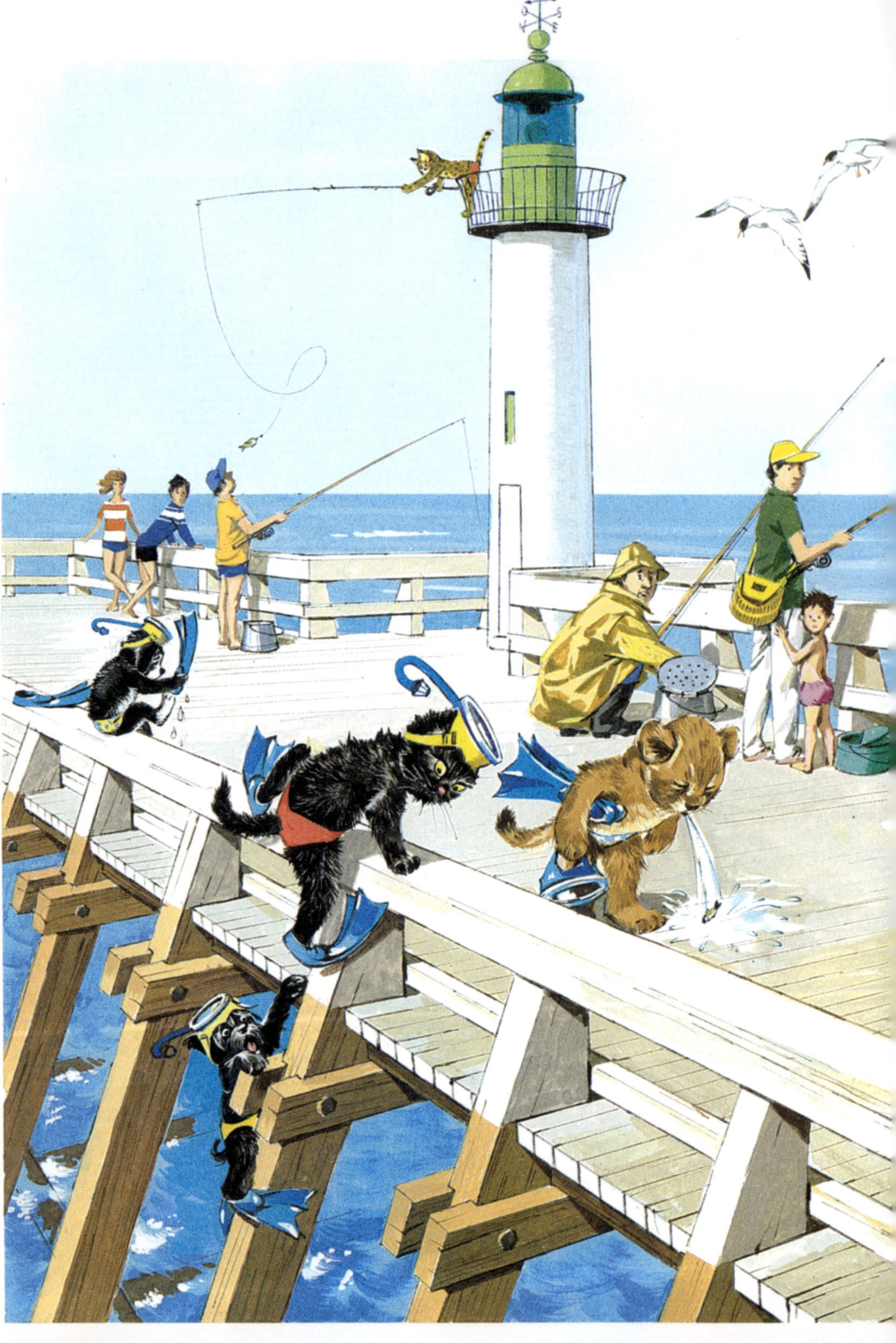

Quelle arrivée remarquée sur la jetée ! Les pêcheurs regardent avec des yeux ronds le petit lion qui recrache un poisson et la langouste géante attrapée par une petite fille et un ourson. Ils sont tout autant étonnés par le crabe tenu en laisse par un chaton.

« Hi ! Hi ! Hi ! rit celui-ci. Youpi, tes poissons prennent la poudre d'escampette. Ils préfèrent faire trempette dans la mer plutôt que dans ton aquarium ! »

À marée basse, la mer se retire. Caroline et ses amis en profitent pour aller sur les rochers couverts d'algues et de goémon.

Les flaques d'eau réservent bien des surprises ! On croit attraper des crevettes avec les épuisettes, et que voilà ? Une sandalette. On veut prendre un crabe, et c'est lui qui vous prend par la queue !

Youpi, lui, préfère se promener sur l'immense plage, droit devant lui, droit vers l'horizon. Que fait-il donc ?

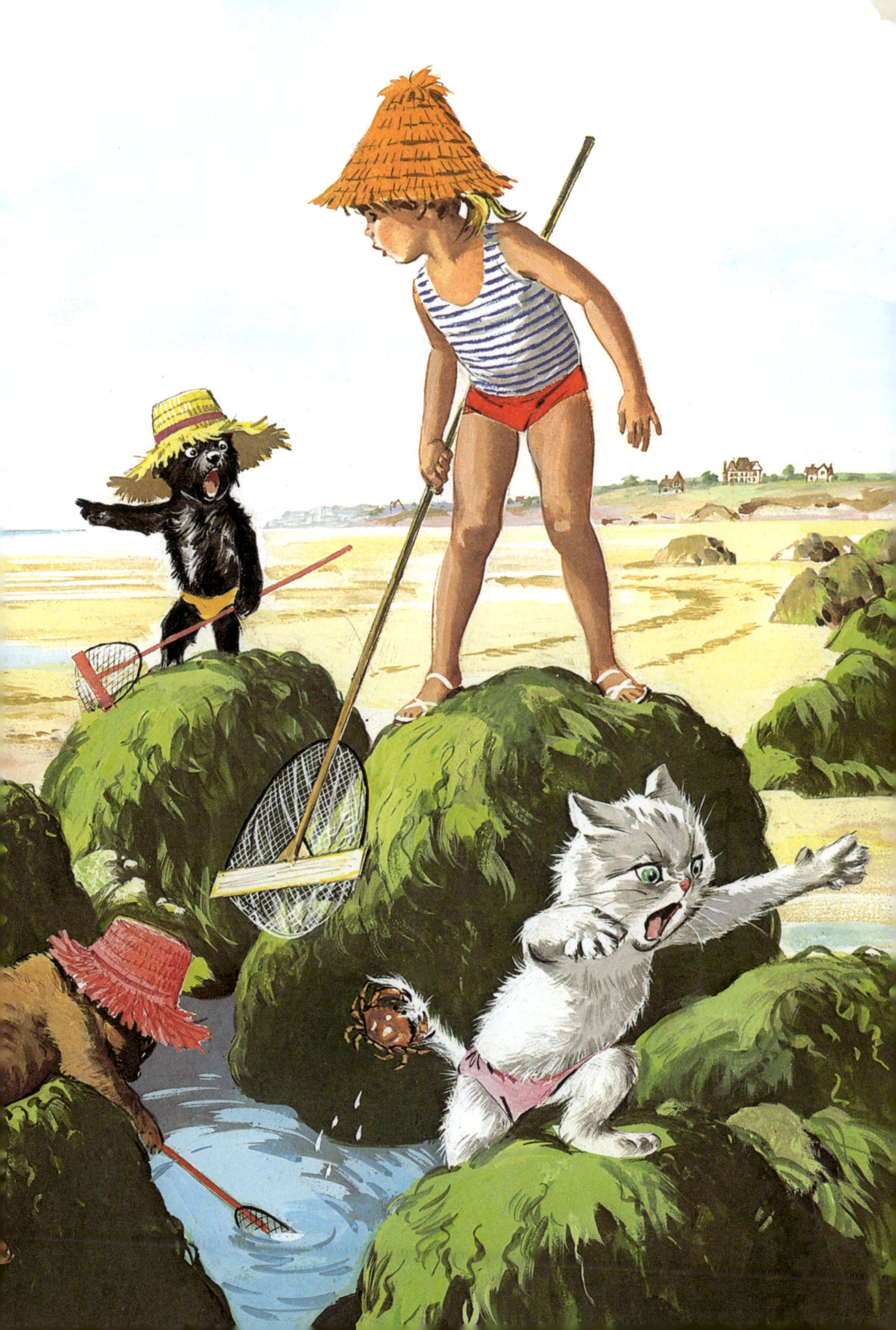

Il ramasse des coquillages pour son amie Caroline.
En voici un… un autre… et puis un autre encore…
Tout à ses recherches, Youpi ne voit pas le panonceau qui indique l'heure des marées, ni l'eau qui est en train de monter, monter, monter…

Et soudain, le voici seul au milieu de l'océan, le derrière mouillé par les vagues, tout affolé !

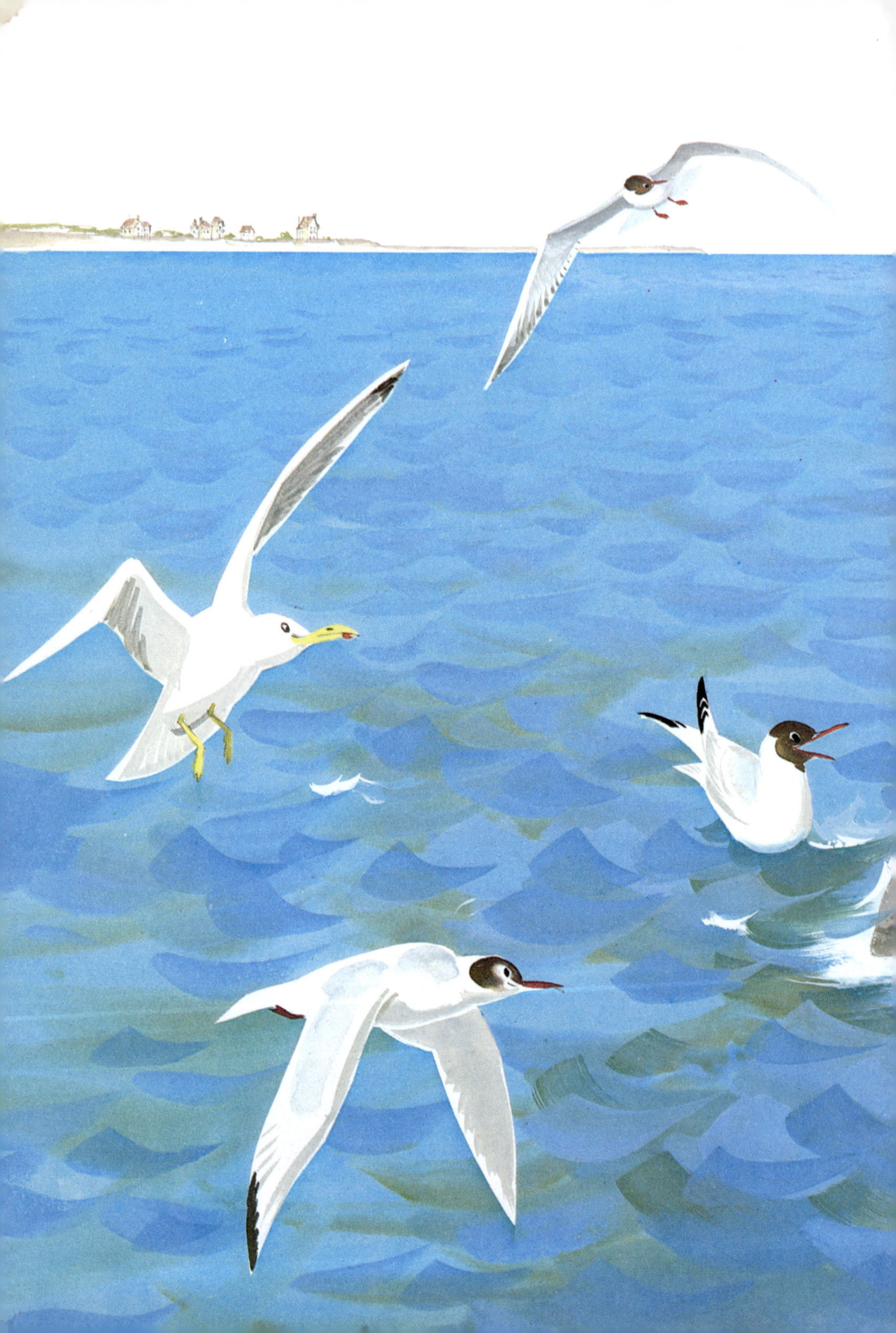

Il se réfugie sur un petit rocher et se met à pleurer.
Même les mouettes ne peuvent rien pour le consoler !

Bercé par le bruit des vagues et veillé par de gentils oiseaux de mer, Youpi s'est finalement endormi.

« Ohé ! Ohé ! crie soudain Caroline. Réveille-toi ! Nous voilà ! » Les voiles des bateaux-bouées claquent au vent, et tout un chacun est content. Enfin, on a retrouvé le petit imprudent !

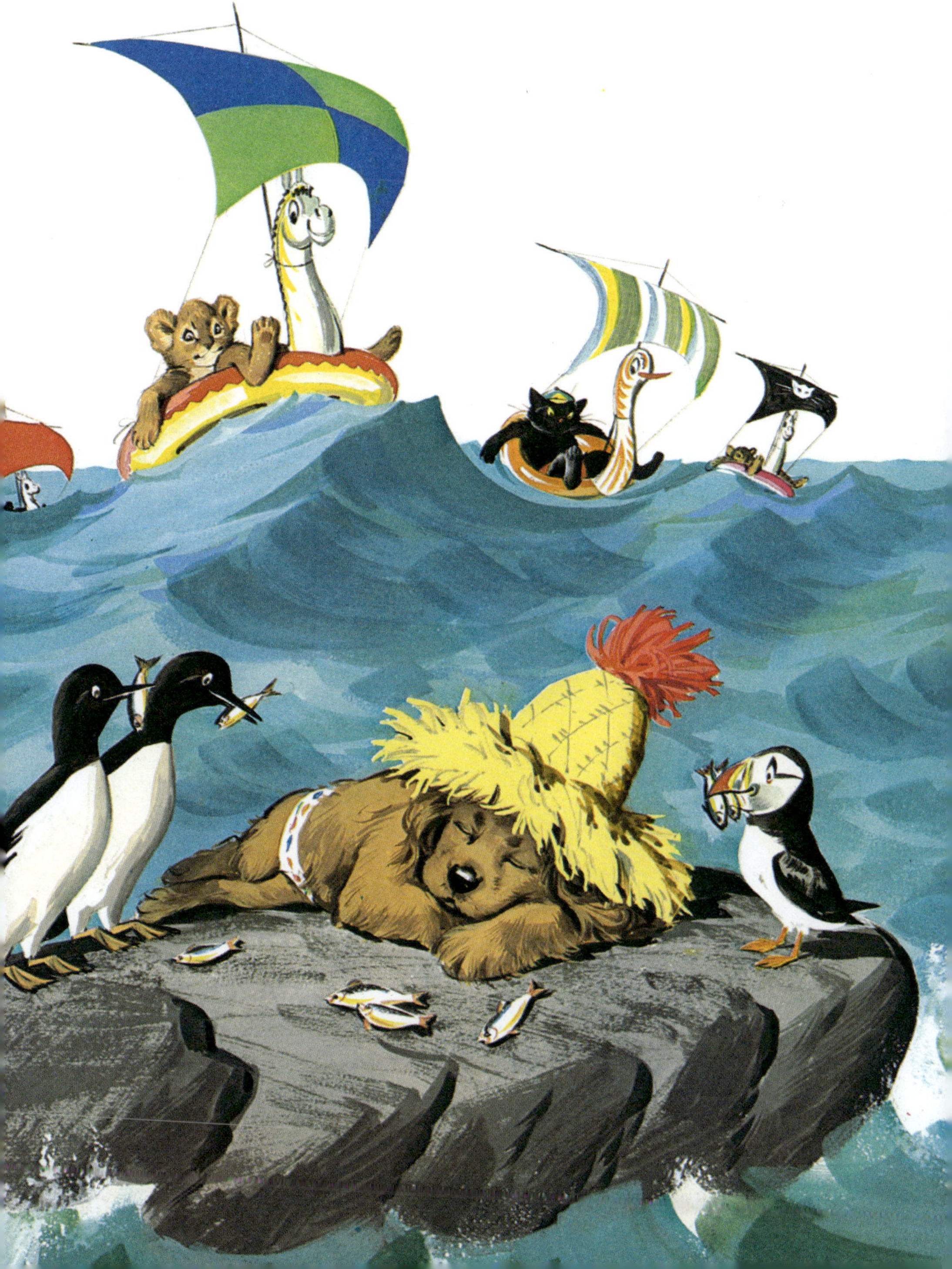

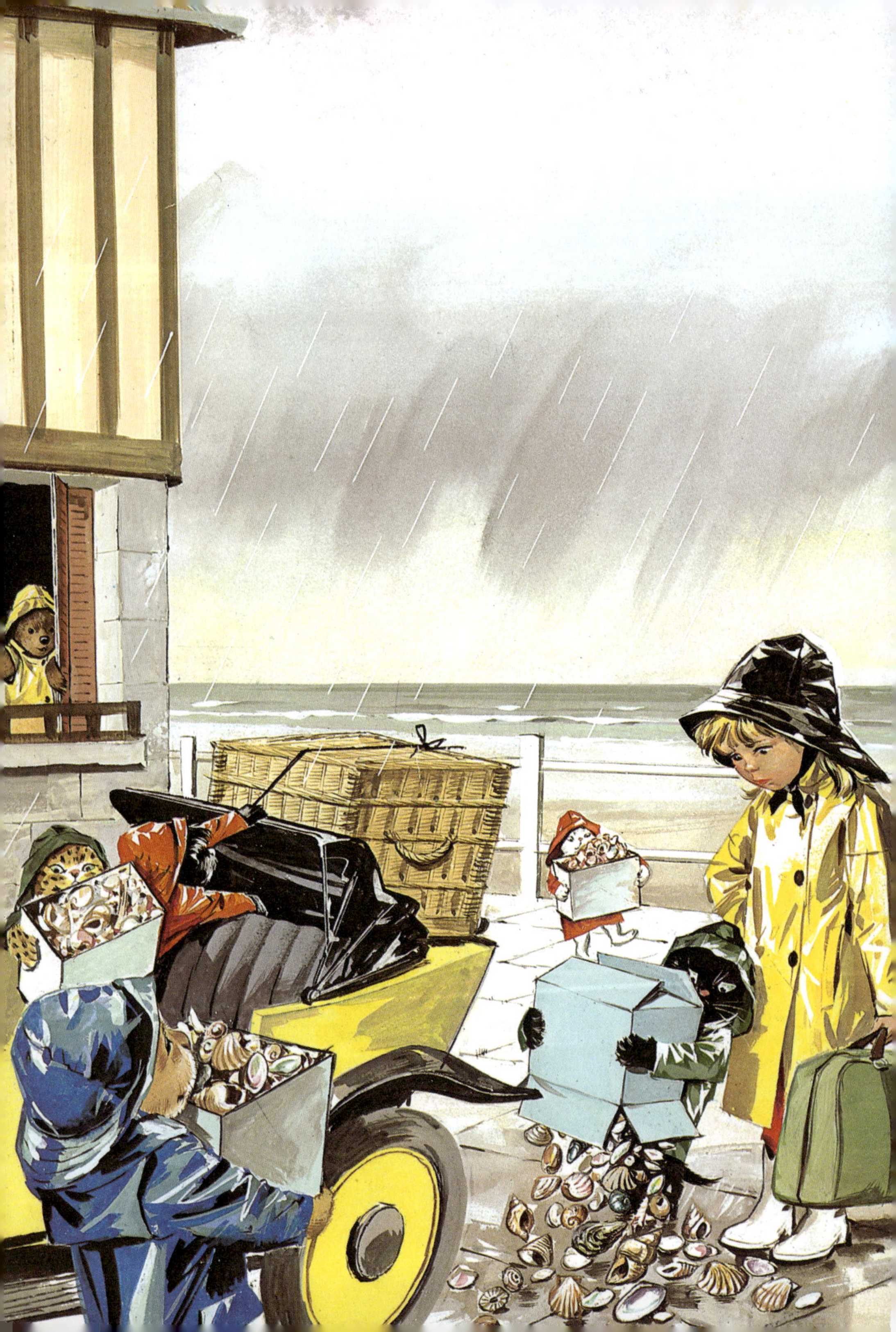

Un mois a passé ! Avec un temps merveilleux, avec des jeux, des baignades et des parties de pêche endiablées.

Aujourd'hui, Caroline et ses amis rentrent chez eux. Les vacances sont finies. Ils quittent la plage et la jolie villa, un peu tristes mais pas trop cependant. Car le ciel est devenu tout gris, car le soleil est parti.

« L'été prochain nous reviendrons, promet Caroline. En attendant ce moment, nous écouterons les histoires merveilleuses que la mer nous racontera dans les jolis coquillages que nous avons trouvés… »

Le labyrinthe de Youpi

Youpi voudrait rejoindre Caroline sur la plage.
Aide-le à la retrouver !

Solutions : Le bon chemin est le n°4

Boum

Bob

Noiraud

Kid   Pipo